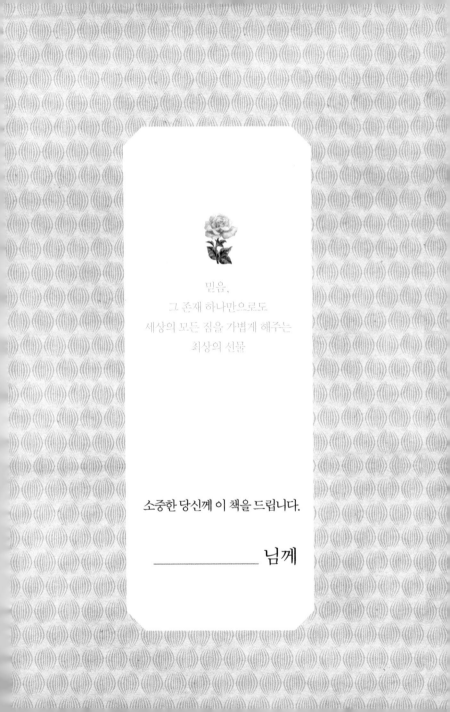

믿음,
그 존재 하나만으로도
세상의 모든 짐을 가볍게 해주는
최상의 선물

소중한 당신께 이 책을 드립니다.

_____ 님께

Arthur Schopenhauer

Aphorismen zur Lebensweisheit

쇼펜하우어
잠언집

A. 쇼펜하우어 지음 | 박별 옮김

머리말

행복에 대한 명료한 해법

우리는 삶이 충만하길 바란다. 그렇기 때문에 행복한 생활이 영원히 계속되기를 바라는 것이다. 당신은 이 사회에서의 삶에 지쳐 있지 않은가? 현대는 두말할 필요 없이 경쟁 사회이다. 부를 가진 자는 더 많은 부를 추구하고 돈, 명예, 지위, 성욕, 탐욕 등 욕망은 그 끝을 알지 못한다. 그것은 가난한 사람 또한 마찬가지다. 위로 올라가고 싶고, 더 맛있는 것을 먹고 싶고, 더 편한 삶을 위해 돈을 추구한다. 마치 세상이 인간의 욕망에 의해 이루어진 것처럼 느껴지기까지 한다. 이런 상황을 못마땅하게 여긴 쇼펜하우어는 『의지와 표상으로서의 세계』에서 그 형상을 그려내고 있다.

그는 인간이 욕망에 사로잡혀 괴로워하는 모습을 예

리한 눈으로 통찰하고 삶 자체가 괴로움이라고 주장하였다. 그렇다면 어떻게 해야 이 끝없는 괴로움에서 벗어날 수 있을까? 쇼펜하우어는 이렇게 말하고 있다. 예를 들어 행복에 대하여 '인간이 소유한 것', '타인에게 전하는 인상', '인간으로서 존재 방식' 이렇게 세 부류로 나누고 그중에서도 '인간이 소유한 것'이 가장 중요하다고 역설하고 있다. 돈과 재산 등 '인간이 소유한 것', 지위와 명예 등의 '타인에게 전하는 인상'으로부터 얻을 수 있는 것은 일시적이고 공허한 것이 적지 않다. 더 좋은 차, 더 좋은 옷을 입길 원할 것이다. 또한 평사원에서 과장이 되면 다시 그보다 높은 위치에 오르고 싶어지는 등 그 욕망은 끝날 줄을 모른다. 반면에 '인간으로서 존재 방식', 다시 말해 인간의 사고방식과 성격, 품성은 확고한 것일수록 흔들림 없는 행복을 얻을 수 있다. 비록 부자는 아니더라도 사소한 것에서 큰 행복을 느끼는 것은 그 사람의 감수성에 의한 것이다. 확고한 주관을 지니고 스스로 행복을 받아들인다. 쇼펜하우어는 그런 행복이야말로 소중한 것이라고 말하고 있다. 그런 삶을 살 수 있다면 경쟁 사회 속에서 자아를 잃지 않고 풍요로운 삶을 살 수 있을 것이다. 이 책에서는 쇼펜하우어가 남긴 인생 철학 중에서도 현대에 걸맞은 '소중한 가르침'을 총망라하였다. 부드러우면서도 강력한 그의 사상은 당신에게 밝은 빛이 되고 자유로운 감성을 자극하여 삶의 소중한 나침반이 되어줄 것이라고 믿는다.

—옮긴이

contents

차례

머리말 | 5

1장

행복하게 살자

001
낙천적으로

10가지 일 중에서 9가지가 잘 되어도 한 가지 실패로 낙심하는 사람이 있는가 하면, 하나밖에 성공하지 못했어도 거기서 만족감을 찾고 밝게 살아가는 사람도 있다.

002
자기 자신을 즐기자

❀

　그 어떤 즐거운 일이라도 기쁨은 그 사람에게 달려 있다. 육체적 즐거움은 물론이고 지적인 기쁨은 더더욱 그렇다. 영어로 '즐긴다.'는 'to enjoy oneself(자신을 즐긴다).'라고 표현하는데, 이것은 매우 적확한 표현이라 할 수 있다. 'He enjoy Paris(그는 파리를 즐긴다).'가 아니라, 어디까지나 'He enjoy himself in Paris(그는 파리에서 자기 자신을 즐긴다).'인 것이다.

003
바라지 않는다

처음부터 바라지 않는 사람은 그것이 없더라도 곤란하지 않고 충분히 만족할 수 있다. 그러나 100배나 더 재산이 많이 있으면서도 원하는 하나를 손에 넣지 못해 초라한 마음이 드는 사람도 있다.

004
아침을 소중히 여겨라

아침은 정신적이든 육체적이든 간에 예외 없이 모든 일에 적합한 시간이다. 하루 중에서 청춘시대에 해당하며 모든 것이 반짝이고 윤기가 돌아 무슨 일을 하더라도 진척이 있다. 활기 넘치는 기분으로 가지고 있는 힘을 충분히 발휘할 수 있는 시간대이다. 따라서 늦잠을 자 소중한 아침을 짧게 하거나 쓸데없는 일이나 수다로 헛되이 써버려서는 안 된다. 인생의 정수이자 신성한 것으로서 아침을 소중히 대해야 한다.

005

행복은 스스로 받아들여라

지금으로부터 아주 먼 옛날 그리스의 철학자 에피쿠로스의 첫 번째 제자인 메트로도로스는 다음과 같은 제목의 장을 적고 있다. '본인 스스로 받아들이는 행복은 주변으로부터 얻는 행복보다 크다.'

인간의 행복에 있어서, 좀 더 나아가 인간의 삶 전체에 있어서 중요한 원인이 되는데 그 사람을 완성하고 있는 내면의 상태라는 것은 의심의 여지가 없는 사실이다.

006
가난해도 행복해질 수 있다

❀

선량하고 공손하며 온화한 성품의 사람은 가난한 환경 속에서도 행복하지만, 탐욕스럽고 질투심이 많은 심술궂은 성격의 사람은 아무리 세상에서 제일 부자라고 할지라도 비참한 마음에서 벗어날 수 없다. 그러나 높은 지성을 갖추고 항상 훌륭한 성품을 유지하고 있는 사람에게는 일반인이 추구하는 쾌락 대부분이 쓸데없고 번거로운 짐이 될 뿐이다.

◦ ● ◦

007
부의 축적보다는 능력의 연마

부를 축적하기보다는 건강을 유지하고 능력을 연마하는 데 힘쓰는 것이 훨씬 현명하다. 그렇다고 해서 적절한 생활필수품조차 구하지 말라는 것은 아니다.

008
부는 행복을 방해할 뿐이다

부란 엄밀하게 말하자면 넘치는 사치로 우리의 행복에는 거의 도움이 되지 않는다. 세상에는 진정한 의미에서의 정신적 교양과 지식의 결여로 지적 직업에 걸맞은 객관적 흥미를 느끼지 못해 자신이 행복하다고 느끼고 있는 부자가 많다. 현실적으로 타당한 생활필수품 정도의 수준을 초월한 부를 가지는 행위가 사람의 행복에 영향을 끼치는 것은 좋지 않다고 해도 과언이 아니고 오히려 행복을 방해할 정도이다. 재산을 지키기 위해서는 엄청난 불안이 동반되기 때문이다.

009

불행에 빠지지 않기 위해

심한 불행을 겪지 않으려면 최고의 행복을 바라지 않는 것이 가장 확실한 길이다.

010
너그러운 마음으로

수많은 자질 중에서 행복과 가장 직접적인 관계가 있는 것은 선량한 마음에서 비롯되는 너그러운 마음이다. 왜냐하면 이 훌륭한 자산은 그 자체로 보답이기 때문이다. 생기발랄한 사람에게는 그럴만한 이유가 있다. 그것은 쉽게 말해 그 사람이 맑고 명랑하다는 사실이다. 이 자질만큼 다른 모든 은혜를 대신할 수 있는 것은 달리 존재하지 않는다.

011

명랑하라

명랑함은 즉효성이 있는 직접적인 보수이다. 행복이라는 현금 그 자체로 다른 모든 은혜는 은행의 수표가아니다. 그만큼 당장에 사람을 행복하게 해주는 힘을가지고 있어 두 개의 무한한 시간 사이에 끼어 있는 찰나의 순간을 살아가고 있는 우리 인간에게 있어서 무엇보다 소중한 은혜라 할 수 있다.

012
가진 것의 고마움을 깨달아라

사람은 자신이 가지지 못한 것을 보게 되면 자신도
모르게 '저게 내 것이라면.' 이라고 생각하기 십상으로
그로 인해 부족감을 느끼게 된다. 그보다는 가능한 한
'만약 이것이 내 것이 아니었다면.' 이라는 역발상을 해
야 마땅하다. 스스로 현재 가지고 있는 것을 잃게 되었
을 경우를 생각해 보는 것이다. 재산도 건강도, 친구도
처자식도, 연인처럼 자신이 사랑하는 사람도, 말과 개
또한 유일무이한 존재이다. 대부분은 잃고 나서야 비
로소 그 가치를 알게 된다.

013

내면을 풍요롭게

　수입에 거의, 혹은 전혀 의존하지 않아도 되는 나라가 다른 어느 나라보다 행복한 나라인 것처럼, 내면이 매우 풍요롭고 외부의 힘이 필요하지 않는 사람처럼 행복한 사람은 없다.

014

사람은 누구나 감정에 좌우된다

외적인 사건과 상황이 같더라도 그로 인해 받는 영향은 사람에 따라 다르다. 완전히 똑같은 환경이라 할지라도 사람은 모두 다른 세계를 사는 것이다. 왜냐하면 인간이 직접 신경을 쓰고 있는 것은 자기 자신의 사고와 감정, 의지에 관해서이기 때문이다. 외부 세계의 영향을 받는 것은 이러한 것의 활동을 일으키는 경우에 한한다.

015

존중해야 할 자신의 정신

흥미를 자극하는 사건이 다른 사람에게 일어났다는 이야기를 들으면 사람 대부분은 자신의 인생에서도 비슷한 일이 일어나기를 바라기에 십상이지만, 정말로 부러워해야 할 것은 그 사건을 중요한 것으로 여기는 본인의 정신적인 자질이라는 사실을 잊어서는 안 된다.

016
훌륭한 것의 진가를 음미하라

풍요로운 지성을 겸비하지 못한 사람은 아무리 세상에서 가장 훌륭한 것을 제시해 주어도 아주 적은 진실밖에 볼 수 없어 그 진가를 제대로 음미할 수 없다. 흐린 날씨 속에서 보는 절경은 성능이 떨어지는 카메라로 찍은 사진과 마찬가지이다. 인간은 각자 의식의 한계 속에 갇혀 있으며 몸을 감싸고 있는 피부 밖으로는 나갈 수 없는 것과 마찬가지로 그 한세를 초월할 수는 없는 것이다. 요컨대, 외부의 도움은 큰 도움이 되지 않는다는 말이다.

017

주관을 소중하게

⟨상⟩⟨●⟩⟨하⟩

　인생과 현실의 절반은 객관적인 것으로 운명의 손에
맡겨져 있기 때문에 상황마다 다른 형태로 나타나지만,
나머지 절반은 자기 자신이라는 주관적인 것으로 본질
적으로는 절대 변하지 않는다.

행복과 기쁨은 주관으로 결정된다

'공복은 최고의 반찬이다.' 나 '젊은이와 노인은 마음이 맞지 않는다.' 는 격언에서도 알 수 있듯이 천재와 성인에 이르기까지 인생의 행복과 기쁨에는 객관적인 요소보다 주관적인 요소가 비교도 될 수 없을 만큼 중요한 역할을 한다는 것은 일상적인 체험을 통해 실증되고 있다. 그중에서도 건강은 다른 어떤 은혜보다 소중한 것으로 병약한 왕보다는 건강한 거지가 훨씬 더 행복하다.

019

건전한 신체에 깃드는 건전한 정신

운은 항상 변하지만, 인격은 변하지 않는다. 그러므로 고결한 성질, 유능한 두뇌, 기쁨이 가득한 인품, 밝은 심성, 건강하고 건전한 육체, 다시 말해 '건전한 신체에 깃드는 건전한 정신' 이라는 객관적인 은혜는 행복에 있어서 가장 불가결한 중요 요소이다.

건강을 우선순위로

어떤 종류의 행복을 위해서든 건강을 희생으로 삼는 것은 어리석음의 절정이다. 이득도 승진도, 학문도 명성도 건강과 바꿀 수 없다. 더군다나 찰나의 성적 쾌락 따위와는 비교도 할 수 없다. 이 모든 것은 건강을 위해서라면 뒤로 물려야 한다.

021

아름다움을 유지하라

아름다움도 건강의 일부이다. 정확하게 말하자면 미모는 직접적으로 우리의 행복에 공헌하지 않지만, 인간의 장점으로 볼 수 있을 것이다. 타인에게 좋은 인상을 주는 것은 간접적으로 행복에 도움이 되기 때문이다. 그러므로 남성이라 할지라도 절대 없어도 되는 장점이라 할 수 없다. 아름다움은 주변 사람으로부터 쉽게 호감을 살 수 있게 해주기 때문에 눈에 보이는 추천장이다.

진정으로 행복한 사람

풍요로운 지성을 겸비한 사람은 누구보다도 행복한
사람이다. 그리고 객관보다 주관이 더 우리에게 큰 영
향을 끼친다는 것은 틀림없다. 객관은 어떤 것이든 간
에 간접적이고 이차적인 작용밖에 하지 않고 항상 주관
을 통해 작용하기 때문이다.

023

부자의 욕구불만

　부자는 자신의 바람이 이루어지지 않으면 아무리 재산이 많아도 위안이 되지 않는다. 부란 바닷물과 같다고 할 수 있다. 마시면 마실수록 오히려 목이 마르다. 명성 또한 마찬가지이다.

024

부자의 강점

스스로 독립하여 힘들게 일하지 않고도 쾌적한 삶을 살 수 있을 만큼의 재산을 처음부터 가지고 있다는 것은 큰 강점이다. 왜냐하면 인간의 생활에 역병처럼 달라붙어 떨어지지 않는 빈곤이라는 지병으로부터 면제되는 것이며, 자연의 법칙이자 모든 사람의 의무인 노동으로부터 해방되기 때문이다.

가난한 사람의 강점

고귀한 집안 출신은 아니더라도 다소의 재능이 있는 사람의 경우에는 평생을 그대로 돈이 없는 가난뱅이가 오히려 유리하게 작용한다. 평범한 사람들의 인간관계에 있어서조차 상대보다 자신이 우위에 있다는 것을 확인하는 것을 좋아하기 때문이다. 더군다나 정치의 세계라면 두말할 필요가 없다.

026

행복의 기초를 구축하라

활력의 기초, 더 나아가 행복의 기초가 되는 것은 체력이다. 따라서 행복에서 가장 없어서는 안 되는 요소는 건강이고, 그다음으로 중요한 것이 걱정 없이 자립된 생활을 유지할 능력이다. 명예, 허영, 지위, 명성과 같은 것에 중요한 가치를 두고 있는 사람일지라도 이 필수요소들과 비교할 수도 없고 보충할 수도 없다. 본질적인 요소를 위해 필요하다면 밍설이지 말고 희생해야 한다.

027
사회 속에 있어야

사람은 혼자서 큰일을 할 수 없다. 쉽게 말해 무인도의 로빈슨 크루소와 같은 것이다. 사회 속에 있어야 그 능력을 온전히 발휘할 수 있다.

028
행복하게 살기 위한 전제

❀

    모든 행복론은 '행복하게 사는 것'이란 '불행 없이 사는 것', 다시 말해 인내할 수 있는 삶을 사는 것이라는 점을 인식하는 것에서부터 시작하지 않으면 안 된다. 원래 인간은 즐겨야 하는 존재가 아니라 극복하고 이겨내야 하는 존재인 것이다.

029

고통을 제거하라

가장 행복한 운명과 만남이라 할 수 있는 것은 강렬한 기쁨과 최고의 쾌락을 경험한 자가 아니라 육체적으로나 정식적으로나 큰 고통을 모르고 평생을 사는 사람이다. 기쁨과 즐거움으로 인생의 행복을 가늠하는 것은 기준이 잘못된 것이다.

030

고통이 따르는 쾌락을 추구하지 마라

고통이라는 대가를 치르고 쾌락을 얻고자 하는 것은
물론이고, 고통을 초래할지도 모르는 손실을 저지르며
획득하려고 하는 것도 해서는 안 된다. 그것은 환상에
불가한 부정적이기 때문에 실체가 있는 긍정적인 것을
희생양으로 삼는 행위이다.

031

모든 것을 제한하라

모든 것을 제한하는 것이 행복으로 가는 길이다. 인간의 행복은 시야, 활동, 세상과의 접점과 같은 것들의 범위가 제한될수록 크다. 그 폭이 넓으면 당혹스러워하거나 불안해지기 쉽다. 근심거리와 욕망과 공포가 그만큼 증가하고 확대되기 때문이다.

032

오해를 당해도 낙심하지 마라

사람들 앞에서, 혹은 세상으로부터 공공연한 오해를 사고, 책으로 쓰이고 그것이 퍼져 잘못이 정정되지 않더라도 절망하거나 낙심하며 괴로워할 필요가 없다. 훗날 반드시 조금씩 정정되어 빛이 비추어질 것이라 여기며 마음을 다스려라. 심사숙고와 토론이 이루어져 언젠가는 잘못이 수정되기 마련이다. 문제의 크기에 따라 시간의 차이는 있겠지만, 총명한 사람이라면 금방 알 수 있는 것을 세상 사람 누구나 이해할 때가 반드시 찾아온다.

033
성실함을 존중하라

남들이 자신을 신용하지 않는다고 해서 화를 내서는 안 된다. 신용하지 않는 것은 그 사람이 성실함에 진심으로 경의를 표하며 보기 드문 일이라고 여기는 것이다. 실제로 성실함이란 쉽게 볼 수 없는 것으로 정말 존재하는 것인지 의문이 들 정도이다.

034

행복할 때는 불행을 가정하라

때로는 큰 변화를 일으켜 모든 것이 원래 덧없는 것이라는 사실을 잊어서는 안 된다. 그러므로 어떤 경우에도 반대 상황을 가정하라. 행복할 때는 불행을, 우정에는 적의를, 쾌청할 때는 구름 덮인 하늘을, 사랑할 때는 증오를 떠올리고, 신뢰하여 비밀을 털어놓을 때는 배신당하여 후회할 것을 가정하라. 또한 그 반대의 경우에도 항상 정반대 상황을 염두에 두면 좋다.

035

행복을 꿈꾸지 마라

·❀·

    인생의 어느 순간에 반드시 행복한 순간이 올 것이라는 청년기에 품었던 희망은 대부분 환멸로 끝나고, 그것이 불만으로 이어진다.

2장

자신을 즐겨라

036

모든 것의 원천은 자신

&

될 수 있는 최선의 것과 해낼 수 있는 최대한의 원천
은 바로 자기 자신이다. 원천이 되는 정도가 클수록 자
신 속에서 싹트는 기쁨도 커지고 행복이 증가한다.

037
남의 평가가 어떻든 간에

✿✿

　사람이 노력을 아끼지 않고 수많은 위험과 역경을 마주하면서 평생 손에 넣고자 하는 것은 결국 그 대부분이 타인으로부터의 평가를 올리는 것에 목적이 있다. 지위, 칭호, 훈장은 물론이고 부도, 그뿐만이 아니라 학문과 예술까지도 사람들로부터 존경을 받기 위한 온갖노력의 궁극적인 목표로 추구하고 있다. 이렇게 생각해 보면, 인간이 얼마나 어리석은지 확실히 알 수 있고너무나도 한탄스러운 일이다.

038

남이 뭐라고 하든

❦

우리가 무언가를 할 때 제일 먼저 생각하는 것은 남들이 뭐라고 생각할지이다. 인생의 고민 절반은 이 점에 대한 걱정이 원인이다. 그것은 매우 민감하고 쉽게 상처받는 자존심이라는 감정의 뿌리 깊은 곳에 존재하는 불안이다.

039

자신의 가치를 믿어라

❀❀

   진정한 의미에서 자부심을 가질 수 있는 것은 본인에게 탁월한 능력과 특별한 가치가 있다는 흔들림 없는 확신을 가졌을 때이다. 이 확신은 사실 착각이거나 우연과 평범한 장점에 불과한 경우도 있지만, 그런데도 진심으로 믿는다면 자부심에 상처를 입는 일은 없다.

040

자신의 장점에 민감해져라

❀❀

세상 사람들의 절반은 뻔뻔하고 무모하기 때문에 조금이라도 남보다 뛰어난 장점이 있고, 그것을 잃고 싶지 않다면 스스로 그 장점을 똑똑히 직시해야 한다.

041

자신을 최대한 활용하라

우리는 가능한 한 주어진 자질을 최대한 활용할 뿐이
다. 그러므로 자신의 자질에 맞는 목적을 추구하여 자
신에게 맞는 완벽함을 향해 노력하고, 더 나아가 자질
의 발달에 걸맞은 지위와 직업과 삶의 방식을 선택해야
한다.

042
쓸데없는 자부심

자부심 중에 가장 쓸데없는 것은 민족적 자부심이다.

차이를 인정하라

개성은 민족성보다 훨씬 중요한 것으로 각자에게 있
어서 민족성보다 천 배 이상의 중요성이 있다.

044
계급에 현혹되지 마라

계급이란 겉모습만 그럴듯한 것으로 표면적인 존경을 억지로 끌어내는 수단이다. 결국 우스꽝스러운 연극에 불과하다.

045

무례하다면

✿

아무리 어리석고 부정과 부도덕한 짓을 일삼는 인간
이라 할지라도 무례함까지 더해진다면 모든 악행은 너
그럽게 용서되고 정당화된다. 토론과 대화 중에 다른
사람이 자신보다 훌륭한 지식과 큰 뜻을 품고 건전한
판단력과 풍부하고 뛰어난 사리분별력을 보여주고, 본
인을 능가하는 뛰어난 지성을 보여줄 때, 무례하게 모
욕한다면 순식간에 상대의 지위도 자신의 얕은 지식도
무의미해져 반대로 우위에 설 수 있을 것이다.

●●●

046
모욕에 대하여

❦

어떤 경우에도 모욕에 대한 공격과 보복은 분노의 문제이지, 기사도를 주장하는 사람들이 말하는 명예나 의무와는 관계가 없다. 요컨대 험담의 내용이 진실일수록 모욕감은 커지게 된다.

047

모욕을 당해도 신경 쓰지 마라

당황하여 상대의 평판에 흠집을 내거나 자신에 대한 험담을 억누르려고 필사적인 것은 자신 스스로의 가치에 자신이 없다는 증거이다. 자신의 가치를 인정한다면 모욕을 당하더라도 전혀 신경 쓰지 않는다. 만약 그래도 화를 참을 수 없다면, 조금만 더 현명하고 교양이 있는 척한다면 평정심을 가장하여 화를 감출 수 있을 것이다.

048

설계도를 내려다보라

평생 조금이라도 중요하고 가치가 있는 특별한 일을 하고 싶다면 이따금 그 설계도, 다시 말해 개요도를 꼼꼼히 살펴볼 필요가 있으며 그것이 바람직한 행동이다.

자신에게 맞는 일을 선택하라

즐거운 상태일지 고통을 느끼고 있을지는 결국 무엇이 본인의 의지를 지배하고 있는가에 달려 있다. 이 점에서는 순수하게 지적인 일 쪽이 능력을 갖춘 사람에게 있어서는 성공과 실패가 변화무쌍한 실질적인 생활의 형태와 그로 인해 발생하는 충격과 고뇌보다 훨씬 행복에 공헌한다고 할 수 있다.

050

불행이란 거의 존재하지 않는다

✿✿

우리를 불안하게 만드는 불행은 확실하게 찾아올 시기를 특정할 수 있는 것들뿐이다. 그러나 그러한 것들은 실제로는 거의 존재하지 않는다. 왜냐하면 불행은 혹시 일어날지도 모르는 혹은 아무래도 일어날 것 같은 정도의 것과 일어나는 것이 확실하지만 시기는 알 수 없는 것, 크게 이 두 종류로 나뉘기 때문이다.

051

자신이 한 일을 기억하라

❦

매 순간순간 일어난 일과 상황에 대하여 자신이 했던 말과 행동을 기억하는 것은 가능한 일이다. 그것들은 쉽게 말해 그러한 사건의 결과이자 그것에 대한 마음의 표현이고 사건의 중요성을 가늠하는 척도가 된다. 따라서 인생의 중요한 시점에서 매 순간 스스로 느끼고 생각했던 것을 확실하게 기억해 두는 것이 좋다. 그러기 위해서는 일기를 쓰는 것이 매우 효과적이다.

인간이 응시하는 대상

분명히 말해 우정과 애정과 결혼의 유대관계가 아무리 강하다고 하더라도, 결국 인간은 자기 자신과 자신의 행복만을 응시하는 존재이고 그 이외 마음이 가는 것은 고작해야 자신의 자식 정도이다.

053

위화감을 자각하라

❧

위대한 정신을 가진 사람의 사명은 과오라는 바다를
건너 사람들을 진리로 인도하고, 야만과 저속한 심연으
로부터 교양과 고상함의 광명 속으로 이끄는 것이다.
위대한 지성을 가진 사람은 이 세상에 살고 있지만 진
정한 의미에서는 그곳에 속해 있는 것이 아니기 때문에
어릴 적부터 자신이 다른 사람들과 크게 다르다는 것을
느끼고 있다. 이 자각이 나이를 먹음에 따라 점점 강해
지고 이윽고 스스로의 위치를 확실히 인식하게 되는 것
이다.

054

혼자 있는 것의 결점은 사소하다

'인생에서 결점이 없는 것은 단 하나도 존재하지 않는다.'라고 한 로마의 시인 호라티우스의 말과 '줄기가 없는 연꽃은 없다.'고 한 인도의 격언처럼 수많은 이점이 있는 '고독'에도 다소의 결점과 고민거리는 있다. 그러나 인간관계에 관한 결점과 고민과 비교한다면 매우 사소한 것이다. 따라서 자기 내면에 가치 있는 것을 충분히 갖춘 사람은 타인과 함께 있는 것보다 혼자인 것이 더 낫다.

055

타인은 본인의 거울이기도 하다

❀

인간은 '자신의 키 이상'의 견해가 불가능하다. 이
때문에 자신이 겸비하고 있는 것 이상의 것을 타인에게
서 발견할 수 있는 것이다.

056

인생은 같은 바탕에서 만들어진다

❦

아무리 경우가 서로 다르다고 해도 인간의 생활에는 반드시 같은 요소가 존재한다. 작은 시골에서도 궁전에서도, 군대에서도 수도원에서도 기본적으로는 같다. 주변의 상황은 마음대로 바꾸면 그만이고 예기치 못한 사건과 조우하는 것도, 성공하거나 실패하기도 할 것이다. 인생이란 같은 바탕에서 만들어진 색과 모양이 서로 다른 온갖 과자가 진열된 제과점과 같다.

어린 아이의 시선

아이가 의지의 힘보다 순수하게 지식을 익히기 위해 최선을 다하는 것은 철저하게 객관적이고, 그러기 위해 시적이라고까지 할 수 있는 세계관의 영향이다. 이것은 유소년기에 필요한 사물에 대한 견해로 의지의 에너지가 미발달된 상태이기 때문에 가능한 일이다. 아이들이 자주 진지한 시선으로 뚫어지라 응시하는 것은 바로 그 때문이다.

058

사람은 사춘기에 변한다

❊❊

봄이 찾아올 무렵에는 나뭇잎의 색도 닮았고 그 모양
도 거의 비슷하다. 인간도 인생의 최초 몇 년은 누구나
비슷하여 서로 잘 조화를 이룬다. 그러나 사춘기가 되
면서 서로의 차이가 생기게 돼 원의 지름처럼 작은 차
이는 점점 거리가 멀어진다.

059

자수의 뒷면을 보라

인생은 자수를 놓은 천에 비유할 수 있다. 삶의 전반
기는 천의 앞면을 보여주고, 후반기에는 뒷면을 보여준
다. 뒷면은 앞면처럼 아름답지 않지만 얻는 것이 많다.
바늘이 어떻게 움직였는지를 알 수 있기 때문이다.

060

인간은 고뇌도 기쁨도 많다

❧❦

　동물은 인간과 비교해서 존재 자체에 훨씬 더 만족하고 있고, 식물 또한 완전히 만족하고 있다. 인간의 경우, 이 만족도는 본인의 우둔함 정도에 비례한다. 그러므로 인간의 삶과 비교하여 동물에게는 고뇌가 적지만 기쁨 또한 적다.

3장
자기 방식대로 살자

061

인간은 따분함을 견디지 못한다

〈단장/139〉

　인간은 본래 가만히 있지 못하는 성질이라 아무것도
할 일이 없으면 금세 질려 따분함을 견디지 못한다.

062
마음을 풍요롭게 가져라

초라한 상태에 빠지지 않기 위해서는 내면을 풍요롭게 마음을 갖는 것이 효과적이다. 마음이 풍요로워질수록 따분할 여지가 없어지기 때문이다.

본인의 머리로 생각하라

쉴 틈 없이 무언가를 생각하고 자아와 자연의 모든 것에 대하여 새롭게 접근할 소재를 찾거나 그것들을 자기 나름대로 조합해 보라. 그러면 마음이 활발한 자극을 받아 쉬고 있을 때를 제외하고는 따분할 틈이 사라진다.

064
시간을 활용하라

·하·이·히·

평범한 인간은 그저 시간 '보내기' 밖에 생각하지 않지만, 조금이라도 능력이 있는 사람은 '활용'을 염두에 둔다. 한정된 지성밖에 없는 인간이 쉽게 따분해하는 것은 그 지성이 의지의 원동력을 움직이는 수단 이상의 역할을 못하기 때문이다.

간소한 삶을

쇼펜하우어

생활양식을 가능한 한 '간소하게' 하라. 단조롭다고 여길 정도로 한다면 따분하지 않은 한 행복으로 이어진다. 그런 상황에서는 생활 의식도, 더 나아가 생활에 본질적으로 동반되는 무거운 짐의 의식도 매우 낮아지기 때문이다. 이러한 생활은 파도도 소용돌이도 치지 않는 냇물처럼 평온하게 흐르기 마련이다.

066

여가는 생활의 과실

·한/아/함·

여가는 생활의 꽃, 아니 오히려 과실로서 사람이 자신의 모습을 잃지 않도록 꽉 잡아주는 데 도움이 된다. 여가를 통해 자신의 내면에 있는 진정한 무언가를 가질 수 있는 사람은 실로 행복하다. 그러나 대부분의 사람이 누리는 여가의 결과를 살펴보면 매우 따분하여 스스로 주체할 수 없는, 전혀 도움이 되지 않는 인간이 태어난 것에 불과하다.

067

불필요한 여가를 만들지 마라

쇼펜하우어

자신의 능력에 맞춰 무언가를 해야 한다. 정해진 일과 활동 영역이 없는 것은 매우 불행한 일이다. 장기간의 휴가 여행을 하면 오히려 우울한 기분에 사로잡히게 되는 경우가 많은 것은 일이라고 할 수 있는 것이 전혀 없고 자신이 있어야 할 본래의 영역에서 벗어나 있는 상태이기 때문이다. 두더지가 땅을 파는 것과 마찬가지로 노력하고 역경과 맞서 싸우는 것이 인간의 대생적 성질이다.

따분함의 희생자가 되지 마라

인간이 선천적으로 갖추고 있는 능력의 원래 목적은 모든 면에서 역경이 닥쳤을 때 맞설 수 있게 하는 것이다. 그러나 싸움이 끝나고 나면 그 힘이 넘쳐 놀이에 빠지게 된다. 다시 말해 아무런 목적도 없이 능력을 사용하는 것이다. 그러지 않으면 당장에 인간 고뇌의 한 가지 원천인 '따분함'에 빠지기 때문이다. 그리고 따분함의 가장 큰 희생자가 되기 쉬운 사람은 높은 사람이나 부자들이다.

069

여가의 활용방법

※/◆/※

    대부분의 경우 사람은 평온하고 한가한 시간에는 쉽게 따분해하며 놀이든, 기분전환이든, 취미생활이든 무언가 할 일을 찾아내지 않으면 마음이 무겁다. 이 때문에 할 일이 없이 가만히 있기가 어렵다고 하는 말에서도 알 수 있듯이 여가가 오히려 위험을 초래할 수도 있다.

070

건강할 때

·<u>히</u>·

질병이나 슬픔이 있을 때는 고통이 없고 자유로웠던 시기를 되돌아보며 잃어버린 낙원과 소식이 끊긴 친구를 회상하며 그 시절을 그리워하기 마련이지만, 건강하고 활기 넘칠 때 항상 그것들을 의식하며 산다면 현재를 훨씬 더 존중하고 즐길 수 있을 것이다.

071
그릇된 사치

‘힝/이팅’

　부어라 마셔라 기분을 내는 사치스러운 생활만큼 잘
못된 행복의 길은 없다. 모든 것은 자신의 초라한 삶을
기쁨과 쾌락의 연속으로 만들고 싶기 때문의 행위이지
만, 그러다가는 결국 최후에는 실망과 망상 속에서 살
게 된다.

072

고독을 추구하라

현명한 사람은 고통과 불쾌함으로부터 해방되기 위해 노력하며 가능한 한 곤란과 조우하지 않도록 조용하고 여유로운, 평온하고 검소한 삶을 추구한다. 때문에 평범한 세상 사람들과 다소간의 인연 뒤에는 은둔생활을 즐기고, 지성이 매우 높은 사람의 경우에는 고독을 선택하기도 한다.

073

고독과 자유를 아는 사람

쇼펜하우어

　사교생활이란 원래 서로에게 순응하며 속박하는 것
이 첫째 조건이다. 이 때문에 그 범위가 넓어질수록 싱
거워지고 만다. 인간은 혼자 있을 때만이 본래의 '자
신'이 될 수 있다. 고독을 사랑하지 않는 사람은 자유
를 사랑하지 않는 사람이라고 해도 과언이 아니다.

074
고독이 가져다 준 것

정신적인 고독을 주변 환경이 방해하지 않는다면 매우 바람직하다. 그렇지 않다면 자신과는 다른 성질의 인간들이 많이 찾아와 무언가 번거롭게 하거나 마음의 평온을 흩뜨려놓는다. 그렇게 자신을 빼앗기지만 채워지는 것은 아무것도 없다.

대인관계에 너무 깊이 들어가지 말 것

　자신의 내면에 무언가 가치가 있는 것을 가진 사람은 자유를 유지하거나 넓히기 위해 필요에 따라 자신의 욕구를 제한하는 것이 현명하다. 다소의 사람과 관계를 맺을 수밖에 없는 것이 인간이지만, 가능한 한 너무 깊이 들어가지 않는 것이 좋다.

076
고독을 견뎌라

〈문/예/론〉

사람이 사교적인 것은 고독을 견디지 못하기 때문이다. 혼자만의 세계를 참지 못해 자신에게 싫증이 나고 만다. 타인과의 교류를 추구하는 것도, 여행하는 것도 그러한 마음의 공허함이 원인이다.

077
자신의 지성에 온기를

·_‡·‡·_‡·

추운 겨울날에 사람들이 한곳에 모여 몸을 따뜻하게
하듯이 마음도 타인과 접하면서 따뜻하게 할 수 있다.
그러나 자신의 내면에 지성의 온기를 충분히 가지고 있
는 사람은 그런 수단에 의지할 필요가 없다.

078
비사교적인 사람의 뛰어난 지적능력

'쇼펜하우어'

　인간의 사교성은 지성의 가치에 반비례한다고 해도 과언이 아닐 것이다. '아무개는 정말 비사교적이다.' 라고 하는 것은 그 사람이 매우 뛰어난 지적능력을 갖추고 있다고 하는 것과 같다.

079
고독의 두 가지 장점

지적 수준이 높은 사람은 고독을 통해 두 가지 장점을 누릴 수 있다. 첫째로는 자기 자신을 상대로 하고 있다는 장점, 다음은 타인을 상대하지 않아도 된다는 큰 장점이다.

고뇌의 근원은 타인과의 관계에서

우리가 품고 있는 고뇌의 대부분은 대인과의 관계에서 비롯된다.

081
자연스러운 행복

고독은 인간 본래의 자연스러운 상태라 할 수 있다. 사람은 고독에 의해 인류의 조상인 아담처럼 자신의 본질 그대로의 행복을 음미할 수 있다.

082
고독의 묘미

⟨하이든⟩

인간의 사교성은 나이에 반비례한다. 어린아이는 잠시라도 혼자 두면 무서워하며 슬프게 울어댄다. 그리고 조금 성장하면 혼자 방에 가두는 것이 벌로써 효과가 있다. 젊은이는 무조건 친구들과 무리를 지으려는 경향이 있기 때문에, 가끔은 혼자만의 시간을 갖고 싶어 하는 뛰어난 식견을 가진 젊은이가 많지 않다. 또한 그런 사람들조차도 온종일 혼자 있는 것은 싫어한다. 그러나 어른이 되면 혼자 있는 일이 그리 어려운 일이 아니다.

083

사람들과의 연속적인 교류는 금물

〈한아함〉

교사가 시끄럽게 떠들어대는 아이들의 장난에 최대한 관여하고 싶지 않는 것과 마찬가지로, 인류의 진정한 스승이라 할 수 있는 위대한 정신을 가진 사람이 끊임없는 사람들과의 교류를 싫어하는 것은 매우 자연스러운 일이다.

084
하루를 살자

·호/◦│호·

　하루는 작은 일생이다. 매일의 기상이 작은 탄생이
고, 매일 아침의 상쾌한 순간은 작은 청춘, 매일 밤의
취침은 작은 죽음이다.

·· ● ·

085

어리석은 자들은 무리를 이룬다

〈해이솝〉

어리석은 사람 둘만 있으면 이 두 사람은 쉽게 서로 공감하며 한데 어울리며, 한 사람이라도 현명한 동료가 생겨서 다행이라며 각자 마음속으로 기뻐하기 마련이다.

086

남의 이야기에 신경 쓰지 마라

남이 불합리한 대화를 주고받는 것을 우연히 듣고 답답함을 느낄 때는 희극 배우들의 이야기를 듣고 있다고 생각하면 효과적이다. 매우 중요한 것을 세상에 알리고 인도하기 위해 태어난 사람이 누구와도 싸우지 않고 무사히 있을 수 있다면 행복한 일이다.

087
시간이 날 때마다 생각하라

·{시 ◆ 녕}·

내가 존경하는 대상은—백 명 중에 한 사람 정도밖에 없지만—무료하게 기다리거나 앉아 있을 때 막대기나 칼, 포크처럼 우연히 손에 들고 있는 것으로 탁탁 소리를 내거나 박자를 맞추지 않는 사람이다. 그런 사람은 그 시간에 무언가 생각에 잠겨 있음에 틀림이 없기 때문이다.

4장

지성의 연마

088
지성이 넘치는 대화는 장소에 맞게

지성이 넘치는 대화는 진지하거나 즐거운 유머라 할지라도 지적인 사교 자리에서만 적당하다.

089

지성은 무엇과도 바꿀 수 없다

•

　귀족에는 세 종류가 있다. 출생과 계급상의 귀족, 부자인 귀족, 지성이 있는 귀족이다. 지성이 있는 귀족은 세 귀족 중에 가장 뛰어나며 충분한 시간만 있다면 최고의 귀족으로서 세상의 인정을 받게 된다.

관찰하라

인간의 지식도 통찰도 비교하거나 토론함으로써 타인의 말 덕분에 풍성해지는 일은 없다고 해도 과언이 아니다. 그것은 단순히 물을 이 그릇에서 저 그릇으로 옮기는 것에 불과하다. 통찰과 지식은 사물 그 자체를 스스로 응시해야만 진정한 의미에서 풍성해질 수 있다. 관찰하는 것만이 가깝고도 마르지 않는 생생한 원천인 것이다.

091

알고 있는 것의 가치를 두 배로 늘려라

알고 있는 것의 가치는 알지 못하는 것을 알지 못한다고 스스로 밝힘으로써 두 배가 된다. 그렇게 함으로써 알지 못하는 것을 알고 있는 것처럼 꾸미고 있는 것이 아닐까 하는 의혹으로부터 해방될 수 있다.

092
반론할 때는 효과적인 말을

●

타인의 의견에 반론을 제시할 때, 상대가 귀를 기울이도록 하기 위해서는 '나도 이전에는 같은 의견이었다. 하지만….' 이라고 말하는 것이 가장 효과적이다.

093

선입견과 편견을 버려라

진실의 탐구를 가장 방해하는 것은 그 대상이 유도하는 거짓된 겉모습도, 직접적으로는 지성의 부족함도 아니다. 선입견과 편견이다. 편견은 거짓의 근거가 된 진실을 방해한다. 그렇게 되면 배가 육지에서 불어오는 역풍에 의해 떠밀려 돛도 키도 아무런 도움이 되지 않는 것과 마찬가지이다.

094

자신의 잘못을 응시하라

명백한 잘못을 저지르면 그것을 돌이키려 하거나, 변명하거나, 큰 잘못이 아니었다고 믿으려 하기 십상이다. 그러나 잘못을 바로 인정하고 그 잘못의 중대함을 똑바로 응시하여 두 번 다시 같은 실수를 저지르지 않도록 결심하지 않으면 안 된다. 분명 그것은 자기혐오로 이어져 자신을 괴롭히겠지만, '채찍을 아끼면 자식을 망치게 된다.' 라는 속담을 염두 하기 바란다.

095
이상의 세계를 바라보라

모든 속물에게 있어서 큰 고민은 '이상'이라는 것에 전혀 관심이 없고 따분해하며 도망치기 때문에 항상 '현실'을 필요로 하는 것이다. 현실은 부족하거나 위험을 내포하고 있는 것으로 관심을 잃는 순간 피로감에 빠지게 된다. 그와 달리 이상의 세계에는 더없이 평온하다.

096
수다쟁이

자기애가 강한 사람은 수다스럽고, 자부심이 있는 사람은 과묵하다.

097

과묵하라

●

자기애가 강한 사람은 아무리 훌륭한 말을 할 수 있다고 하더라도, 본인이 진정으로 바라는 타인으로부터의 호평을 듣기 위해서는 수다보다는 침묵하는 것이 확실하면서도 간단하다는 것을 깨달아야 한다.

098
일반 사람들이 가진 것

일반 사람들에게 눈과 귀는 있지만, 그 외의 것은 그다지 갖추고 있지 않다.

099
중력으로부터 해방된 생각

　

현실 세계에서는 그것이 아무리 공평하고 행복하고 즐거운 것일지라도, 우리는 항상 중력의 법칙의 지배하에 움직이고 있기 때문에 끊임없이 그 무게를 이겨내야 한다. 그러나 사상의 세계에서 사람은 육체가 없는 정신이기 때문에 중력의 영향을 받지도 않고 가난 때문에 괴로워하는 일도 없다.

100

건강한 사고라도

아무리 건강한 팔뚝이라도 깃털처럼 가벼운 것에 효과적으로 힘을 가할 수 없다. 물체 그 자체에 힘을 전달할 만큼의 질량이 없기 때문에 힘들게 전달된 힘도 순식간에 다 써버려 속도가 붙어 멀리 날아가는 대신에 바로 앞 지면에 떨어지고 만다. 위대하고 고결한 사고도, 하물며 천재라 불리는 사람의 걸작은 더더욱 받아들이는 사람의 정신이 자고 나약하며, 비뚤어져 있다면 이와 똑같은 일이 일어난다.

101

철학할 용기를 가져라

철학을 하기 위해서는 두 가지 기본적인 필요조건이
있다. 첫째, 어떤 의문이라도 가슴에 품은 채 방치하지
않을 용기를 가질 것, 둘째로 '자명한 이치'라 여겨지
는 것이라도 확실하게 의식으로 드러냄으로써 그것을
문제로 받아들이는 것이다.

102

지성이란 식물에 비유하자면

인간에게 지성이란 식물에 있어서 성장하는 힘, 돌의
무게와 화학적 힘과는 다르다. 그런 것에 상응하는 것
은 '의지' 뿐이다. 지성이란 식물로 말하자면 성장하여
무성해지는 것을 촉진하거나 방해하는 외부의 영향, 다
시 말해 물리적 화학적 작용 등에 감응하는 능력 그 자
체이다.

103
직감적으로 파악하라

무언가를 정말로 이해하기 위해서는 그것을 '직감적'으로 파악하는 것이 필요하다. 현실 그 자체도 상상력을 이용해 그것에 대한 또렷한 이미지를 느끼고 받아들이는 것이다.

104

생각에 빠지지 말고 일단 벗어나라

●

지성은 같은 대상에 대하여 생각을 계속하면 결국 생
각을 정리하거나 이해할 수 없게 되어 감각이 둔해지면
서 혼란스럽게 된다. 일단 그것에서 벗어날 필요가 있
다. 그리고 다시 돌아오면 확실한 사고가 새로운 윤곽
을 띠게 된다.

105

생각해 내는 데 시간을 소비하면

●

    생각해 내는 데 시간이 길어질수록 나중에 그만큼 또렷이 기억에 남는다. 힘들게 고생하여 기억의 심연으로부터 끌어낸 것은 책의 도움을 빌려 기억을 되살린 경우와 달리 다음에는 훨씬 쉽게 쓸 수 있게 된다.

106

'고민거리'를 반문해 보라

●

사람이 얼마나 행복한 상태인지를 가늠하기 위해서
는 무엇에서 기쁨을 느끼는지가 아니라 어떤 일로 고민
하고 있는지를 반문해 볼 필요가 있다.

107

사고의 절반은 불확실하다

모든 사고의 절반은 아무 의식 없이 이루어지는 것이 아닐까 하는 생각이 들 정도로 전제에 대해서는 확실하게 생각하지 못했으면서도 결론이 나오는 것이 대부분이다.

108
이해력에 대하여

　이해력이란 외연적(外延的) 양이 아니라 내포적 양이다. 따라서 이 점에서는 한 사람이 만 명에게 진다고 단정할 수 없고, 수천 명의 어리석은 사람이 모였더라도 그중에 사리분별력이 있는 사람은 나오지 않는다.

109
친구의 눈을 의지하라

마음이 고양된 상태라면 성실하고 솔직한 친구는 더 없이 귀중한 존재이다. 넋을 놓고 현혹된 눈에는 왜곡되어 보이는 대상도 직접적인 연관이 없는 친구의 눈에는 사실 그대로 보이기 때문이다.

110

춤을 추는 듯한 농담을

●

조금이라도 자신의 지성을 객관적으로 움직일 수 있는 사람들의 대화는 이야깃거리가 아무리 가벼운 것이라도, 단순히 서로 농담을 주고받는 것이라도, 항상 정신적인 힘의 자유로운 유희로 다른 사람들의 대화를 걸고 있는 것처럼 한다면 마치 춤을 추고 있는 것처럼 느껴진다.

111
명예를 얻는 것

명예란 객관적으로 본다면 자신의 가치에 대한 타인의 의견이고, 주관적으로 본다면 그 의견에 대한 자신의 경의이다.

112
사람은 쉽게 변하지 않는다

명예의 가장 근본이 되는 것은 그 어질고 너그러운 성품이 불변의 것이라는 신념이다. 그 때문에 단 하나의 악행을 보면 앞으로도 같은 상황에서 똑같은 악행을 저지르리라는 것을 알 수 있다.

113

명예는 쉽게 회복되지 않는다

본인이 중상모략을 그 행위가 잘못된 견해였다는 오해로 인해 비롯된 것이 아니라면, 한 번 실추된 명예는 회복되지 않는다.

114
일에 있어서의 명예

　직무상의 명예란 어떤 일을 하는 사람이 그에 동반되
는 모든 의무를 다하는 데 필요한 자질을 제대로 갖추
었다는 것을 남들이 일반적으로 인정하는 것이다.

115
명성을 얻기 위한 길

공적에는 '행위'와 '업적'의 두 종류가 있다. 그러므로 명성을 얻기 위해서는 두 가지 길이 열려 있다. 행위의 길에 필요한 것은 고결한 마음이고, 업적에 필요한 것은 뛰어난 두뇌이다.

116°

훌륭한 것은 숙성에 시간이 걸린다

일반적으로 길고 오래 지속하는 명예일수록 늦게 발현된다. 훌륭한 것은 숙성의 시간이 필요한 것이 당연하기 때문이다. 후세에 남을 명성이 매우 천천히 성장하는 떡갈나무라고 한다면, 찰나의 명성은 순식간에 성장하여 말라버리는 한해살이풀에 비유할 수 있다. 하물며 거짓된 명성은 밤새 자라 죽어버리는 버섯과도 같은 것이다.

117
명성은 멀리하는 사람을 좇는다

명성은 좇는 사람을 피하고 멀리하는 사람을 따른다. 명성을 좇는 사람은 동시대 사람들의 기호에 맞추려 하지만, 멀리하는 사람은 그것을 개의치 않기 때문이다. 명성은 얻기는 어려우나 일단 들어오면 유지하기는 쉽다.

118

명성을 얻어도 개의치 마라

●

만약 살아 있는 동안에 세상에 명성이 알려지더라도 현명한 인간이라면 그다지 중요하게 여기지 않는다. 그것은 소수의 목소리를 반영한 것에 불과하고, 그 목소리조차도 우연히 자신에게 유리한 쪽으로 흘러갔을 뿐이기 때문이다.

119
젊어서 명성은 얻기 힘들다

명성과 젊음은 한 인간에게 동시에 주어지는 것은 지나친 것이라 할 수 있다.

120
죽음에 대하여 깊이 생각하지 마라

한 인간의 죽음을 목격하였다고 해서 한 생명 그 자체가 '무(無)로 돌아갔다.' 라고 착각해서는 안 된다. 그것은 시간이라는 모든 현상 중의 하나가 종말을 맞이한 것에 지나지 않고, 그로 인해 대상 자체를 의문시해서는 안 된다는 것을 누구나 직감적으로 인식하고 있을 것이다.

121

제일 먼저 자신이 존재한다

'제일 먼저 내가 있고, 그 다음으로 세계가 존재한다.' 죽음을 파멸과 혼돈하지 않기 위한 해독제로 이 원리를 마음속에 깊이 새겨둬야 한다.

122

죽음을 통해 얻는 것

우리에게 죽음과 부정적인 것에 다름 아닌 것―그것은 삶이 끝났기 때문이다. 죽음에도 긍정적인 부분이 있지만, 머리로는 이해할 수 없기 때문에 눈에 들어오지 않는다. 따라서 죽음으로 인해 잃는 것은 인식하지만, 죽음을 통해 얻는 것은 느끼지 못하는 것이다.

123
천재의 조건

천재란 이중의 지성을 가진 인간이다. 한쪽은 자기
자신을 위해 스스로의 의지에 도움이 되는 지성, 또 하
나는 세상을 위해 작용하는 지성이다. 이런 사람은 세
상을 매우 객관적으로 바라봄으로써 세계의 거울이
된다.

124

위대한 사람은 후세를 위해 일한다

같은 시대 사람들의 고마움을 살아서 경험하고 싶다고 생각하는 사람은 시대에 보조를 맞출 필요가 있다. 그러다 보면 결코 위대한 업적을 이룰 수 없게 된다. 위대한 일을 지향하는 사람은 훗날의 세계에 눈을 돌려 후대를 위한 확고한 자신감을 가지고 자기 일을 완성해야 한다.

125
'천재'가 일을 하는 동기

재능이 있는 사람은 돈과 명예를 위해 일하지만, 천
재가 자기 일을 달성하려고 하는 동기는 그리 간단히
열거할 수 없다.

5장

즐거운 삶을 살자

126

적당한 운동

운동을 전혀 하지 않고 앉아서 생활해야 하는 삶을 사는 수많은 사람에서 볼 수 있듯이 바쁘게 움직이는 체내의 기관과 움직이지 않은 체외 사이에는 확연히 치명적인 불균형이 발생한다. 절대 멈추지 않는 체내운동과 달리 몸의 외부도 적당한 운동이 필요한데, 그것이 부족하면 감정을 억누르는 것과 마찬가지 상태가 되고 만다. 나무조차도 강하게 성장하기 위해서는 바람에 흔들리지 않으면 안 된다.

127

풍요로운 인격

운명은 잔혹하고 인간은 불쌍한 존재이다. 이런 세
상에서 내면이 풍요로운 사람은 얼음과 눈으로 둘러싸
인 12월의 겨울밤 크리스마스 장식을 해놓은 밝고 따뜻
한 행복으로 가득한 방과 같은 존재라 할 수 있다. 그러
므로 풍요로운 인격이라는 보기 드문 재능을 얻는 것만
큼 행복한 운명은 또 없다. 왜냐하면 뛰어난 우수함은
아니더라도 충분한 지성을 쌓는 것은 더할 나위 없는
행복이기 때문이다.

128

겉모습에 대한 지나친 집착은 금물

겉모습을 보기 좋게 하기 위해 내면을 희생하여 영화, 지위, 허영, 명예와 같은 것에 차분한 여가와 독립심 대부분을 허비하는 것은 대단히 어리석은 행위이다.

129

정열을 대하는 방법

●

열정적으로 움직이지 않으면 일상의 평범한 생활은 따분할 뿐이다. 그렇다고 해서 정열에 휘둘리면 바로 고통이 따른다. 단순히 의지의 명령을 따르는 것이 아니라 풍성한 지성에 의지하는 사람만이 행복을 느낄 수 있다. 그런 사람은 지적인 동시에 고통이 없고 관심으로 가득한 생활을 영위할 수 있기 때문이다.

130
마음은 좁게

마음이 좁은 인간이 결국에는 가장 행복하다는 말을 자주 듣게 된다. 그런 행복을 진심으로 부러워하는 사람은 적지만, 가장 그럴듯하게 자주 입에 오르내린다.

131

낭비가가 되기 쉬운 사람

실제로 곤궁과 가난을 경험한 적이 있는 사람은 말로만 아는 사람과 비교해서 가난을 두려워하는 마음이 훨씬 적기 때문에 결과적으로 낭비하기 쉬운 경향이 있다. 어떤 이유로 요행 덕분에 가난에서 갑자기 유복해진 사람보다, 좋은 환경에서 낳고 자란 사람이 더 일반적으로는 장래에 대하여 조심스러운 절약가이다.

132

증오와 질투심을 억제하라

행복은 대부분 마음의 평안과 만족감에 의해 성립되는 것이기 때문에 증오와 미움 같은 인간의 본성에 지장을 초래하지 않는 범위에서 억제하는 것이 무엇보다 효과적이다. 그렇게 함으로써 우리의 육체에 꽂힌 채 끊임없이 고통을 안겨주는 가시를 제거할 수 있다.

133
영원히 사라지지 않는 것

절대적인 가치가 있는 것은 사람이 어떤 상황에 있더
라도 절대 사라지지 않는 것뿐이다.

131

현재와 미래에 대한 조화로운 시선

삶에서 현명한 행동 중 가장 중요한 요소 중의 하나는 현재와 미래에 대한 걱정을 적당히 배분하여 유지하는 것이다. 한쪽으로 지나치게 치우치면 다른 한쪽을 소홀히 하지 않도록 주의할 필요가 있다. 세상에는 현재에만 치우쳐 사는 사람이 많다. 경솔한 사람들이 바로 그렇다. 또한 그와 반대로 미래에만 마음을 빼앗긴 사람도 있다. 지나치게 근심이 많은 사람이다.

현재를 기뻐하며 받아들여라

현재야말로 본질적인 의미를 가진 현실적 세계이다. 현실성이 있는 것은 현재뿐이고, 우리는 그 속에서 살고 있다. 그렇기 때문에 항상 그것을 기꺼이 받아들이고 고통과 근심거리가 없고 적당히 참을 수 있는 시간을 가질 수 있다면 의식적으로 그 순간을 즐겨야 한다.

136
남의 말에 기대하지 마라

●

떠오른 생각을 곧바로 남에게 이야기하거나, 남의 말을 그대로 받아들여서는 안 된다. 오히려 교양이나 도덕적인 면에서도 타인의 말에는 큰 기대를 하지 않는 것이 좋다. 그리고 상대의 의견에 무관심 할 수 있는 습성을 익혀라. 그러면 항상 흔들림 없는 관용을 유지할 수 있을 것이다.

137

화상을 입지 않을 거리를 유지하라

현명한 사람은 적당한 거리를 유지한 채 불을 다뤄
어리석은 자들처럼 너무 가까이 가지 않도록 하라. 어
리석은 자는 불 속에 손을 집어넣고 화상을 입으면 쓸
쓸한 고독 속으로 도망쳐 불이 뜨겁다고 큰소리로 불만
을 토로한다.

138
시기심은 행복의 적

●

시기심은 인간의 자연스러운 감정이지만 동시에 악
덕이고 불행의 원인이 된다. 그러므로 시기심을 행복의
적이자 사악한 것으로 여겨 근절하도록 노력해야 한다.

139

타인의 불행은 위안이 된다

정말로 재난이 닥쳤을 때, 가장 위안이 되는 것은—거슬러 올라가 보면 시기심과 같은 원천이지만—세상에는 자신보다 더 불행한 사람이 있다는 생각이다. 그 다음으로 효과적인 것은 자신과 같은 처지에 똑같은 불행을 당한 사람들과 교류하는 것이다.

140

계획은 꼼꼼하게 살펴야 한다

어떤 계획이든 실행 전에는 꼼꼼하게 다시 살펴봐야 한다. 아무리 꼼꼼히 생각하고 또 생각한 뒤라도 인간의 인식에는 허점이 있다는 것을 잊어서는 안 된다. 구명과 예견이 불가능한 상황이 일어나 계획 전체가 틀어질 가능성은 항상 있기 마련이다.

141

쓸데없는 걱정을 하지 마라

●

마음을 결심하고 시작했다면 그 과정을 지켜보면서 결과를 기다릴 수밖에 없다. 이미 끝난 일에 대해 이리저리 생각하거나 가능성이 있는 위험을 곱씹으며 걱정할 필요가 없다. 그 건에 대해서는 머릿속에서 깨끗이 지워버리고 생각하지 않도록 하고, 사전에 충분히 생각했다고 스스로 다짐하는 것이다.

142

불행을 되돌아보지 마라

이미 불행이 닥쳐버려 인제 와서 어떻게 할 수 없는 경우에는 이런 일이 일어나지 않았으면 좋았을 것을, 이렇게 하면 피할 수 있었을 것이라는 식으로 괴로워하는 것은 좋지 않다. 그런 생각에 빠져 있으면 마음만 더 아파져 참을 수 없게 된다.

143

상상했던 대로는 되지 않는다

행복과 불행에 대한 일에서는 상상력에 맡긴 채 공중 누각을 세우지 않도록 주의할 필요가 있다. 원래 공중 누각이란 세우면서 바로 부숴야 해 슬픔의 원인이 되기 때문에 희생이 커질 뿐이다.

144

일을 할 때도 장소를 선택하라

일반적으로 건강상태, 수면, 영양상태, 기온, 날씨, 환경과 같은 온갖 외부조건은 우리의 기분에 큰 영향을 끼치고 그 결과 사고에도 영향을 미친다. 그러므로 사물을 바라보는 시각도 일을 처리하는 능력도 시간과 장소와 같은 조건에 크게 좌우된다.

네가 오후 네시에 온다면,
난 세시부터 벌써 행복해지기 시작할거야.

145

불쾌한 것은 흘려버려라

불쾌한 것에 대해서는 극단적으로 사무적이고 냉정한 눈으로 바라보도록 노력하면 꾹 참고 흘려버릴 수 있다.

146

서랍에 넣듯이 사고를 정리하라

　작은 서랍장에 넣듯이 사고를 정리하여 하나를 열었을 때 다른 것들이 방해하지 않도록 해야 한다. 그러면 무겁게 짓누르는 불안 때문에 현재의 작은 즐거움까지 망쳐버리거나 평화가 깨지는 것을 막을 수 있다. 그러지 않는다면 한 가지 문제에 대하여 지나치게 생각하여 다른 것에 대해 생각을 할 수 없게 되거나 중요한 사항에 마음을 빼앗겨 다른 작은 일들은 모두 소홀히 하는 사태를 초래하게 된다.

147

두 개의 눈을 가져라

인생을 잘 헤쳐 나가려면 다음 두 가지 것이 가능하면 효과적이다. 앞을 예측하는 것과 너그럽게 봐주는 것이다. 앞을 내다보는 세심함이 있다면 손실과 손해를 막을 수 있고, 너그럽게 봐주는 관용이 있다면 분쟁을 피할 수 있다.

148

타인을 무조건 인정하라

남들과 함께 살아가기 위해서는 누구를 대할 때에도 그 사람의 있는 그대로의 인격을 인정하는 것이 중요하다. 설령 그것이 무엇이든 간에 그대로 받아들이는 것이다. 그리고 그 인격을 특성에 따라 이용하기 위한 마음가짐만 있다면 충분하다.

149

타인의 행동에 화를 내지 마라

타인의 행동에 화를 내는 것은 눈앞에서 굴러다니는
돌멩이에 화를 내는 것처럼 어리석은 행위이다.

150

무리한 사교성은 금물

평범한 사람들은 매우 사교적이라 어딜 가더라도 친구를 찾아낸다. 매우 선량하고 사랑스러우며 용감한 사람들이다. 비범한 사람은 이와 정반대인데, 비범하면 비범할수록 비사교적이다.

151

기억은 미화된다

＊

기억이란 그 범위 안에 모든 것을 함축시킴으로써 실제의 풍경보다 아름다운 사진을 만들어내는 카메라 렌즈와도 같다. 인간의 경우 한동안 못 만나게 되면 대부분의 경우 이런 장점이 있다. 기억에는 대상을 이상화하려는 경향이 있고 완성까지 시간이 걸리지만, 그 작용이 시작되는 것은 빠르기 때문이다. 따라서 꽤 오랜 시간을 두고 친구나 지인을 만나는 섯이 현명하다고 힐 수 있다. 그러면 다시 만나자마자 기억이 어떤 활동을 하는지 목격하게 될 것이다.

152

타인을 너무 관대하게 대하지 마라

●

인간은 누구나 어린아이와 같은 존재이다. 응석을 받아주면 기어오르며 말을 듣지 않게 된다. 이 때문에 누구에게나 관대하거나 지나친 친절은 피하는 것이 좋다. 돈을 빌려달라는 부탁을 거절했다고 친구를 잃는 일은 없지만, 돈을 빌려줘서 친구를 잃는 경우는 있다.

153

혼자라도 괜찮다

●

　인간관계에 있어서 상대가 남성이든 여성이든 간에
그 사람이 없더라도 상관이 없다는 것을 이따금 깨닫게
해주는 것이 효과적이다.

154
타인을 지나치게 소중히 대하지 마라

개조차도 너무 소중하게 대하면 버릇이 없어진다.
인간이라면 더더욱 그렇다.

155

좋은 사람이라고 결정하지 마라

•

만난 지 얼마 안 되는 사람을 매우 좋은 사람이라고
쉽게 결정하지 않는 것이 좋다. 그렇지 않다면 실망할
가능성이 커져 자신을 부끄럽게 여기거나 상처를 받게
된다.

156

교제할지, 절교할지

교류가 있는 사람, 혹은 앞으로 교류할 상대가 불쾌한 언동과 거슬리는 태도를 보일 때는 앞으로 똑같은 태도를 반복하더라도 참을 만한 가치가 있는 사람인지 깊이 생각해 볼 필요가 있다.

157

사람을 통찰하라

●

누군가를 어떤 직무에 배치하고 싶을 때, 그 사람이
어떻게 행동할지를 알고 싶다고 가정하자. 그럴 경우
본인의 약속과 장담한 말을 그대로 받아들이고 큰 기대
를 해서는 안 된다. 설령 성실한 사람일지라도 그 사람
은 전혀 경험과 지식이 없다고 말하고 있기 때문이다.
실제로 어떤 행동을 취할지 추측하기 위해서는 그 사
람이 처해있는 상황을 고려하고, 그것이 본인의 인격
과 어느 정도 상반되는지를 곰곰이 생각해볼 수밖에
없다.

158

점잖은 척하지 않는다

●

'점잖은 척'은 반드시 상대에게 경멸감을 일으킨다. 첫째, 점잖은 척은 속임수이기 때문이다. 속임수는 공포심에서 비롯되는 기겁한 행위이다. 둘째, 점잖은 척은 자신을 스스로를 비난하는 것이기 때문이다. 있는 그대로의 모습과는 다른 모습을 보여주려는 행위는 실제 자신보다 좋게 보이려는 마음의 표출이다.

● ● ●

159

사악하고 비겁한 면은 덮어버려라

고삐를 풀고 있는 그대로의 모습을 드러내는 것은 바람직하지 않다. 인간의 성질 중에는 감추는 것이 나은 사악하고 비겁한 측면이 얼마든지 있기 때문이다. 단, 그것은 나쁜 것을 감추어 남들이 볼 수 없게 하는 소극적인 자세지만, 없는 것을 있는 척하거나 점잖은 척하는 것은 적극적인 속임수가 있다는 이야기가 아니다.

160
자신의 약점을 말하라

　상대의 기분을 좋게 하려면 최근 자신에게 닥친 문제들에 대하여 말하거나, 개인적인 약점을 감추지 말고 털어놓는 것이 제일 효과적이다. 이것은 인간의 본성을 실로 잘 드러내고 있다고 할 수 있다.

161
미인은 손해를 보지 않기 위해

빼어난 미인에게는 동성의 친구가 없고 함께 걸어줄 친구조차 찾기 힘들다. 미인은 스스로 나서 귀부인의 상대를 하겠다고 하지 않는 것이 좋다. 눈앞에 나서는 순간 장래의 여주인이 될지도 모르는 그 여성의 얼굴은 순식간에 어두워질 것이다. 자신은 물론이고 딸들을 위해서도 아름다움이 비교되는 어리석은 행위는 피하는 것이 좋다.

162

예절에 대하여

●

　예절이란, 도덕적 또는 지적인 부끄러운 결점을 서로
보고도 못 본 척하여 비난의 대상으로 삼지 않는다는
암묵적인 동의이다.

163

예절과 친절로 대하라

●

원래 밀랍의 재질은 딱딱하고 무르지만, 조금만 열을 가해도 부드러워져 원하는 모양으로 만들 수 있다. 이와 마찬가지로 아무리 완고하고 적의로 가득한 상대라도 예절과 친절로 대한다면 호의적인 태도로 변한다. 인간에게 있어서 예절은 밀랍의 열과 같은 것이다.

164

예절은 필요한 가면이다

세상의 예절이란 거짓 웃음의 가면에 불과하다는 것을 항상 염두에 두어라. 가면이 틀어지거나 벗겨진 것을 보고 울고불고 난리를 쳐도 소용이 없다. 대놓고 무례를 저지르는 인간은 가면은커녕 입고 있는 전부를 벗어던지고 알몸으로 눈앞에 서 있는 것과 마찬가지다. 벌거벗으면 대부분 그렇듯이 이런 인간은 볼썽사나운 모습을 드러내기 마련이다.

165

지성을 감춰라

●

    지성과 통찰력을 보여주면 세상 사람들의 평판이 오를 것으로 생각했다면 아직 세상 물정을 모르는 것이다. 대다수 인간은 그런 성질에 미움과 적의를 느끼기 마련이다.

166

자화자찬의 유혹에 빠지지 마라

●

　아무리 그럴듯한 근거가 있는 것처럼 보이더라도 자화자찬의 유혹에 빠져서는 안 된다. 자만은 흔히 볼 수 있지만 자화자찬할 만한 가치가 있을 만큼의 공적은 실제로 거의 찾아볼 수 없다. 간접적으로라도 자화자찬하고 있는 것처럼 보이면 주변 사람들은 십중팔구 자만에 빠져 있다고 여기며, 그것이 얼마나 어리석은 것인지도 모르는 인간이라고 생각하게 된다.

167

거짓말에 속는 척하라

만약 누군가 거짓말을 하고 있다고 의심이 든다면 그냥 믿고 있는 척하면 된다. 상대는 더욱 대담해져 계속 거짓말을 하며 변명만 늘어놓다가 결국 들통이 나고 만다. 또한 상대가 본인에게 무언가 감추고 있는 것 같고, 조금씩 빈틈이 보인다면 오히려 믿는 척하는 것이 좋다. 그러면 당신의 반론에 정색하며 불신을 없애기 위해 남은 진실을 전부 털어놓게 될 것이다.

168

나이에 맞게 무리하지 말 것

●

　인공적인 열을 이용하여 나무의 생육을 촉진해 며칠 만에 잎이 나고 꽃을 피우고 열매를 맺게 하는 것은 가능하지만, 결국 나무는 말라 죽고 만다. 마찬가지로 30살이 돼서야 할 수 있는 것을 19살에 하려고 한다면 얼마 못 가 건강을 해치고 만다. 본인이 원한다면 시간을 앞당겨 쓸 수도 있겠지만, 이후 몇 년간의 체력, 아니 생명의 일부까지 이자로 지급하게 될 것이다.

169

세상에서 도망치는 것도 나쁘지 않다

젊었을 때는 세상의 버림을 받은 것 같은 느낌이 들지만, 시간이 흐르고 나면 세상에서 도망치고 있는 것 같은 느낌으로 변한다. 전자는 부정적인 감각에 무지로 인한 것이지만, 후자는 마음이 편안하다. 그것은 쉽게 말해 세상이 어떤 것인지를 알게 되었다는 의미이다.

170

인생은 먼 듯 가까운 것

인생은 청년기의 처지에서 보면 무한히 뻗어 있는 미래로, 노년기의 입장에서는 찰나의 과거라 여겨진다. 따라서 인생의 처음에는 망원경을 거꾸로 들여다보는 것처럼 모든 것이 멀게 보이지만, 마지막에는 모든 것이 매우 가깝게 보이게 된다.

171

멀리 떨어져 아름다움을 느껴라

인생의 모든 정경은 꼼꼼한 모자이크 그림과도 같다. 가까이서 보면 아무런 인상도 남지 않는다. 아름다움을 감상하려면 멀리 떨어져 바라볼 필요가 있다.

172
시간을 좇지 마라

적지 않은 사람들의 '고난의 원인'이 되는 것은, 마치 채찍을 든 교관처럼 '시간'이 끊임없이 우리를 내몰며 숨 쉴 틈도 주지 않은 채 한 사람도 남김없이 좇아오고 있기 때문이다.

173

승려의 가장에 속지마라

진정한 승려는 더 없이 존경받아 마땅한 존재이다.
그러나 대부분의 경우 승복은 단순한 가장에 불과하
다. 가장무도회에 진짜 승려가 없는 것과 마찬가지로
진정한 승려라 부를 수 있는 승려는 거의 없다.

174

일부러 의지를 굽혀라

●

　자신의 의지를 굽히는 것은 타인의 의지를 완전하고 무조건 따르며 의지한다는 생각으로 심리적 부담을 가볍게 하는 방책이다. 다시 말해 진실을 우회적으로 전달하기에 적합한 수단이라 할 수 있다.

6장

책과 마주하라

175
서고를 정리하라

아무리 많은 책이라도 잘 정리되지 않은 서고는 그 수는 적지만 잘 정돈된 서고만큼 도움이 되지 않는다.

176

학자와 천재의 차이

♣

학자는 책의 내용을 읽은 사람이고 사상가와 천재는
세상을 개발하고 인류의 전진을 촉진하는 세상이라는
책을 직접 활용하는 사람이다.

177

자기 내면에서 솟아나는 사상을

책에서 얻는 사상은 화석으로 흔적을 남긴 태고의 식물이고, 자신의 내면에서 솟아나는 사상은 봄이 되어 싹이 나는 초목과 같다.

178
자신의 힘으로 진리를 구하라

자신의 힘으로 생각하고 얻은 진리는 책으로 얻은 진
리보다 100배의 가치가 있다.

179

지나치게 책에 빠지지 마라

❦

　독서에 인생을 허비하며 책에서 지혜를 얻은 사람은 여행 책자 몇 권을 읽고 여행지의 정보에 정통한 사람과 같다. 그 사람은 이런저런 말을 할 수 있지만, 그곳의 실제 상황에 대해서는 확실하고 정확한 지식은 가지고 있지 않다.

180
경험하고 생각하라

단순한 경험도 독서와 마찬가지로 사고를 대신하기 어렵다. 경험과 사고의 관계는 먹고, 소화하고, 흡수하는 관계와 마찬가지다. 경험이 만약 모든 것을 발견하여 인간의 지식을 촉진한 것이라고 장담한다면, 육체를 유지하고 있는 것은 자신 만의 힘이라고 입이 자만하는 것과 같다.

181
사고는 연인과도 같다

✿

　사고의 존재는 연인의 존재와 비슷하다. 사랑하는
사람이 절대 냉정하지 않으리라 생각하지만, '헤어진
사람은 세월이 감에 따라 차츰 잊힌다.'는 속담대로이
다. 아무리 훌륭한 사고도 적어두지 않으면 완전히 잊
힐 위험이 있고, 아무리 사랑하는 사람도 결혼하지 않
으면 언제가 떠날지도 모른다.

182

새로운 것이 항상 옳은 것은 아니다

❦

새로 적힌 것이 항상 옳다고 믿는 것처럼 큰 착각은 없다. 나중에 적은 것은 이전의 내용을 개선한 것으로 모든 변경이 진보라고 하는 생각은 큰 착각이다.

183

펜 없이도 완벽한 사색을

펜과 사고의 관계는 지팡이와 걸음걸이의 관계와 닮았다. 지팡이가 없는 편이 가벼운 발걸음으로 걸을 수 있고, 펜을 들고 있지 않은 편이 완벽한 사색을 할 수 있다. 지팡이와 펜에 의지하고 싶어지는 것은 나이가 들기 시작했을 때이다.

자신의 문체로 쓰자

문체는 정신의 인상이다. 여기에는 육체의 인상보다 확실하게 인격이 드러난다. 그러므로 타인의 문체를 흉내 내는 것은 가면을 쓰고 있는 것과 같다. 가면은 아무리 아름답더라도 생기가 없기 때문에 금세 시시하게 느껴진다. 아무리 못생겼어도 살아 있는 얼굴이 더 낫다.

185

알기 쉽게 쓰자

누구라도 이해할 수 있도록 쓰는 것은 매우 간단하지만, 풍성한 지식으로 가득한 사상을 누구나 쉽게 알 수 있게 쓰는 것은 가장 어렵다.

186
순수하고 명료하게 표현하라

일반적으로 소박한 것은 사람을 매료시키지만, 부자연스러운 것은 반드시 사람을 불쾌하게 한다. 또한 진정한 사상가는 자기 생각을 가능한 한 순수하고 명료하게, 정확하고 간결하게 표현하려고 노력한다. 따라서 순수함은 항상 진리의 증표로만이 아니라 천재의 증표로도 여겨진다.

187
하고 싶은 말이 확실할 것

뛰어난 문체를 쓰기 위한 첫 번째 원칙, 그보다는 오히려 이것만으로도 거의 충분하다고 할 수 있는 중요한 원칙은 '하고 싶은 말이 확실할 것.' 이다.

188

거드름 피우는 문체는 피하라

✦

거드름 피는 문체를 쓰는 사람은 품위 없는 인간이라 여겨지지 않기 위해 치장하는 사람과 같다. 아무도 초라한 행색이라도 진정한 신사라면 그런 위험한 모험을 하지 않는다. 그러므로 거드름 피우며 한껏 멋을 부린 모습에서 평범한 서민이라는 것을 알 수 있듯이, 이류 작가라는 것은 문체를 통해 알 수 있다.

189

적은 말로 큰 세계를 표현하라

적은 사고를 표현하기 위해 많은 말을 이용하는 것은 틀림없이 평범하다는 것을 보여주는 증표이지만, 많은 사고를 적은 말로 함축할 수 있는 것은 뛰어난 두뇌의 증표이다.

190

가치 있는 말만 말하라

❦

진정으로 간결한 표현이란 말할 가치가 있는 것만을 말하는 것으로, 누구나 스스로 생각해서 알 수 있는 것에 대해서는 빙빙 돌려서 설명하지 않는 것이다. 다시 말해 무엇이 필요하고 무엇이 사족인지를 제대로 구분하는 것이 중요하다.

191

세련되고 강력한 표현을

조잡한 글을 쓰는 사람은 자신의 사고에 대하여 가치를 두고 있지 않다는 것을 처음부터 고백하고 있는 것과 같다. 자신의 사고에 중요한 진실이 있다는 확신이 있다면, 그것을 매우 명료하게 표현할 세련되고 강력한 표현을 찾고자 끈기 있게 노력할 마음이 자연스럽게 우러날 테니까.

192

무지한 부자는 짐승과 마찬가지다

무지는 부자와 인연을 맺었을 때만 인간의 품위를 추락시킨다. 가난한 사람은 궁핍한 삶에 의해 구속된다. 지식 대신에 직업을 구하는 것으로 머릿속이 가득하다. 그러나 무지하고 유복한 자는 쾌락만을 위해 살며 짐승과도 같은 삶을 영위한다. 그런 예는 일상 속에서 끊임없이 반복되고 있다. 또한 이런 부류의 인간은 부와 여가를 의미 있게 쓰지 않는다는 점에서도 비난받아 마땅하다.

193

책에 너무 빠지면 생각할 힘을 잃는다

독서를 하고 있을 때, 우리의 머리는 타인의 '사고의 경기장'에 불과하다. 그러므로 다독을 하는 사람—온종일 책을 읽고 그 사이사이에 아무 생각도 하지 않은 채 머리를 쉬게 하는 사람—은 점점 스스로 생각할 힘을 잃는 경우가 있다. 항상 차만 타고 다니는 사람이 이윽고 걷는 힘을 잃는 것과 마찬가지다.

194

문학은 인생과 같다.

문학은 인생과 마찬가지다. 어딜 가더라도 구제불능의 인간을 쉽게 맞닥뜨린다. 곳곳에서 무리를 지어 다니며 여름날의 파리처럼 어디든 달려들어 더럽히고 만다. 그 때문에 셀 수 없이 많은 악서가 작물의 영향을 빨아먹어 말라비틀어지게 하는 잡초처럼 문학의 세계에 달라붙어 있다.

195

악서를 읽지 마라

악서는 읽지 않는다고 문제 될 것이 없고, 양서는 아무리 읽어도 지나침이 없다. 악서란 지성을 파고드는 독이자 정신을 파멸시키는 존재다. 인생은 짧고 시간과 체력에는 한계가 있으니까.

196
책을 읽을 시간도 생각하라

책을 읽을 시간도 살 수 있다면 책을 사는 것은 좋은
일이다. 그러나 사람 대부분은 책을 사는 것과 그 내용
을 습득하는 것을 혼동하고 있다.

7장
자유롭게 활개쳐라

197
기쁨은 조용히 찾아온다

기쁨이 실제로 모습을 드러낼 때는 초대장도 전조도 멋도 부리지 않고 조용히 찾아온다. 평범한 일상의 사소한 상황 속에서 특별히 빛이 나지 않는 보통의 기회에 찾아오는 경우가 많다. 기쁨이란 오스트레일리아 금광의 금처럼 규칙도 법칙도 없이 우연한 기회에 발견된다. 대부분의 경우 매우 작은 조각으로 산재하여 있고, 한 덩어리로 뭉쳐져 있는 경우는 거의 없다.

198
철학의 힘

도덕과 지성을 공격하는 세상의 악행을 일소할 수 있
는 것은 철학이라는 빗자루뿐이다.

199
레일 위이기 때문에 자유롭게

인간은 완전히 자기가 원하는 대로, 제멋대로 두어도 괜찮지가 않다. 어느 정도 사전의 계획에 따라 진행하며 일반적인 규범을 따를 필요가 있다.

200

인생은 여행과 같다

인생이란 여행과 같다. 전진할수록 풍경이 처음과는 달리 보이고, 가까이 가면 또 다르게 변한다. 그중에서도 인간의 바람은 더욱더 그렇다. 지금까지 정했던 것과는 다른 것, 아니 그보다 더 나은 것을 발견하는 경우가 자주 있다.

201
다르다고 중압감으로 느끼지 말라

독자적인 개성을 가진 사람은 남들과 다르다는 이유로 고립되기에 십상이지만, 나이를 먹으면서 점점 자신만의 개성을 중압감으로 느끼지 않게 된다.

202
생활의 목적을 포기해서는 안 된다

고상하고 훌륭한 사고 능력을 갖춘 사람은 주변의 잡다한 일과 저속한 고민에 빠져 모든 신경이 그쪽으로 향해 더욱 가치 있는 문제를 등한시하지 않도록 주의해야 한다. 이런 격언이 있다. '생활을 위해 생활의 목적을 포기해서는 안 된다.'

203
바람은 작게

〈하/쯸\흥〉

　바람에는 한계를 설정하여 욕망을 제한하고, 분노를
억눌러 충분한 가치가 있는 것 중에 인간의 능력으로
가능한 것은 작은 분량에 지나지 않는다는 것을 항상
염두에 둘 필요가 있다.

204
육체에 얽매이지 마라

육체적 쾌락 이외에 즐거움을 찾지 못하는 사람은 다른 모든 기쁨이 그것으로 메워질 수 있다고 여긴다. 그런 사람은 굴과 샴페인과 같은 것이 인생의 정수라 여기며 어떻게 해서든 육체적 행복을 쟁취하는 것이 인생의 목적이다. 실제로 그 목적을 위해 발생하는 번거로운 일 자체를 기쁘게 여기기도 한다. 처음부터 사치품들이 눈앞에 쌓여 있으면 모든 것이 따분해져 버린다.

205

자신의 방식대로 살자

사람은 모두 자신의 책임하에, 다시 말해 자기 혼자
의 삶의 방식, 생존 방식으로 살고 있다. 그 사람의 인
격과 인간성은 다른 누구도 아닌 본인에게서 비롯되는
것으로 이 점에 큰 가치가 없는 사람은 다른 면에서도
그 정도밖에 되지 않는다는 의미이다.

206
눈앞에 있는 것을 보라

＊＊＊

몰러드는 경쟁상대를 피하고자 범접하기 어려운 소
재를 찾을 필요가 없다. 일상에서 흔히 볼 수 있는 것이
본질적이고 깊이가 있는 새로운 이론의 기틀을 만들 소
재가 되어 준다.

207

이 세상은 일종의 지옥이지만

고난의 장인이 세상을 낙원으로 바꾸기 위해 가능한 한 고통을 줄이기보다 기쁨과 쾌락을 목표로 삼는 것은 자연의 섭리를 완전히 거스르는 잘못된 행위이다. 그러나 실제로는 놀라울 정도로 많은 사람이 그렇게 행동하고 있다. 오히려 이 세상을 일종의 지옥이라 여기고 비관적으로 바라보며 지옥 불을 피할 수 있는 작은 오두막 확보에 전념하는 것이 현명할 것이다.

고통이 없는 낙원을 버려라

고통이 없을 때, 우리의 끝없는 갈망이 마치 거울에
비친 모습처럼 실제로는 있을 수 없는 행복한 모습을
비춰주고 유혹하여 그것을 좇게 한다. 이렇게 사람은
스스로 고통을 초래하고 만다. 나중이 되어서야 고통
없는 상황을 잃은 것을 후회하지만 스스로 버린 낙원은
아무리 갈망하더라도 더 이상 돌아오지 않는다. 이러
한 갈망의 환영이 최고의 행복으로 이어지는 고통이 없
는 상태에서 우리를 멀리하기 위해 유혹한다. 악마의
유혹이라 여기는 사람이 있더라도 이상할 것이 없다.

209
진정한 우정과 존경이란

천천히 전진하는 긴 장례행렬은 얼마나 우울한 모습
인가? 줄지어 늘어선 마차는 그 끝을 알 수 없다. 그러
나 그 속을 들여다보면 모두 텅 비어 있다. 묘지로 향하
는 죽은 이의 마지막 길을 마을의 모든 마부가 배웅하
고 있을 뿐이다. 세상에서 우정과 존경의 참모습을 이
렇듯 웅변적으로 전해주는 것은 또 없다. 이것이야말
로 인간 삶의 거짓투성이의 공허한 위선이다.

210
결실은 어디에 있는가

세상의 모든 일은 속이 텅 빈 나무 열매와도 같다. 열매의 알맹이는 쉽게 찾아볼 수 없고, 설령 찾았다고 하더라도 제대로 껍질 속에 들어 있는 경우는 드물다. 다른 곳을 아무리 찾아보더라도 우연히 발견할 수 있을지는 의문이다.

211

고생이 헛수고가 되는 경우도 있다

고생 끝에 손에 넣었지만 더 이상 자신과 맞지 않거
나, 몇 년에 걸쳐 준비해왔던 일이지만 이제는 더 이상
실행할 힘이 없는 경우가 많다.

212

과거를 되돌아볼 여유를 가져라

정신없이 일과 놀이를 좇으며 과거를 돌아보지 않고 닥치는 대로 사는 사람은 자신이 하는 것에 대한 명확한 생각을 하고 있지 않다. 감정은 혼돈되고, 감정은 혼란스럽다. 그러면 마치 잘게 다져진 고기 조각처럼 맥락이 없는 단편적인 대화방식 속에서 그것이 드러나고 만다.

213
성장하기 위하여

끊임없이 사려 깊고 분별력 있는 생활을 하며 경험 속에 내포된 모든 교훈을 끌어내기 위해서는 끝없는 반성을 통해 자신의 행동, 사고, 감정을 종합적으로 재검토할 필요가 있다. 이전의 판단을 현재의 것과 비교하여 스스로 달성하고자 노력한 목표와 실제의 결과 그리고 그를 통해 얻은 만족감을 비교해야 한다.

214
모든 것은 운명

모든 것은 운명으로 받아들이고 일어나야 할 일은 반드시 일어난다고 생각하라.

215
저속한 욕망의 얼굴을 드러내지 마라

어떤 마을이든 유복하고 고귀한 사람과 무질서한 군중들이 함께 사는 것과 마찬가지로, 아무리 고귀하고 훌륭한 사람이라도 인간의 내면 깊은 곳에는 사람을 짐승으로 변하게 하는 비열하고 저속한 욕망이라는 폭도가 잠재되어 있다. 이 폭도들이 날뛰지 못하게 하는 것은 당연한 일이고, 은신처로부터 얼굴을 내미는 것조차 용납해서는 안 된다.

216
재난은 누구에게나 찾아온다

인생의 재난은 누구에게나 수없이 찾아온다는 것을 잊어서는 안 된다. 요컨대, 사람은 끊임없이 꾹 참아야 한다는 것이다. 그것을 지키지 못한다면 부와 권력이 있다고 하더라도 초라한 생각에서 벗어날 수 없다.

217

자신의 힘을 충분히 발휘하라

활동—다시 말해 무언가를 하는 것, 가능하다면 무언
가를 만들고 최대한 무언가를 배우는 것—이 없다면 살
아갈 수 없다. 사람은 누구나 자신의 힘을 발휘하고 싶
어 하기 때문에 가능하다면 그 성과를 지켜보고 싶어
한다. 인간에게 있어서 매우 행복한 일이라 할 수 있다.

218

몸을 단련하라

몸을 단련하는 것은 건강할 때 충분히 운동하여 근육에 자극을 주는 일이다. 전신은 물론 각 부분을 충분히 움직여 그 어떤 불건전한 것이라도 이겨낼 힘을 길러야 한다. 그러나 병이 들었거나 몸이 좋지 않을 때는 반대 방법을 통해 천천히 몸을 쉬게 하여 무리하지 않아야 한다. 병들어 쇠약해진 몸은 단련을 견딜 수 없으니까.

219

신경의 과로는 피하라

근육은 활발하게 움직이면 강화되지만, 신경은 격렬하게 활동하면 쇠약해진다. 따라서 과도한 운동으로 근육을 단련할 때도 신경은 최대한 피로하지 않도록 마음을 써야 한다.

220

수면은 충분히 취하라

특히 뇌에는 회복에 필요한 만큼의 충분히 자는 것이 중요하다. 인간에게 있어서 수면은 시계의 태엽을 감는 것과 마찬가지이기 때문이다.

221

자신의 현명함을 보여라

어리석은 사람을 상대할 때는 자신의 현명함을 보여
줄 방법은 하나밖에 없다. 그런 인간과 상대하지 않는
것이다.

222
존경인지, 사랑인지

남의 존경을 얻으려고 노력하는지, 사랑을 얻으려고 추구하는지, 둘 중에 하나를 선택해야 한다.

223
존경받을지, 사랑받을지

존경심은 자신의 의지에 반하여 무조건 우러나는 것이기 때문에 겉으로 드러내지 않는 경우가 많다. 그러므로 남들로부터 존경을 받는 것은 사랑을 받는 것보다 큰 만족감을 느낀다. 존경은 개인의 가치와 연관이 있지만, 사랑은 반드시 그렇지만은 않기 때문이다. 사랑은 주관적이지만 존경은 객관적이다. 그러나 확실하게 유익한 것은 존경받는 것보다 사랑을 받는 것이다.

224

현자는 미쳤다고 여겨지기 십상이다

몹시 흥분한 사람들 중의 한 사람만이 옳은 통찰력을 가진 사람이 있는 것은, 마을의 시계 모두가 엉망인 상황에서 정확한 시간을 나타내는 시계를 가지고 있는 것과 마찬가지다. 자신만이 정확한 시간을 알고 있지만, 전혀 도움이 되지는 않는다. 주변 사람들이 모두 고장난 시계에 맞춰 살고 있기 때문에 그 사람의 시계만 정확하다는 것을 아는 사람까지도 동조하기 때문이다.

225

고결한 인간일수록 대기만성

고결한 인격과 뛰어난 정신의 소유자는 특히 젊은 시절에는 처세술과 인간에 대한 지식이 부족하다는 것을 무의식적으로 드러내는 경우가 많다. 그 결과 속거나 방황하기 쉽다. 반대로 평범한 사람은 훨씬 일찍 교묘하게 세상에 순응한다.

226

타인을 비평함으로써 자신을 높여라

타인을 비평하는 것은 자기 자신을 교정하려는 행위라 할 수 있다. 남의 행동을 이리저리 관찰하고 타인이 한 일과 하지 않은 일에 대하여 몰래 엄격한 판단을 내리는 습관이 있는 사람은 그 행위를 통해 자신을 개선하여 최대한 완벽에 가까워지기 위해 노력하고 있어야한다.

227

참된 우정을 가져라

진짜 금속으로 만든 동전을 대신해 지폐가 유통된 것과 마찬가지로 참된 존경과 진실한 우정 대신에 언뜻 그럴듯해 보이는 것이 퍼져 있다. 최대한 진짜 존경과 우정으로 보이도록 모방하고 있다. 그 속에서 진정한 존경과 우정이라 부를 수 있는 인간이 이 세상에 얼마나 있는지도 의문이다.

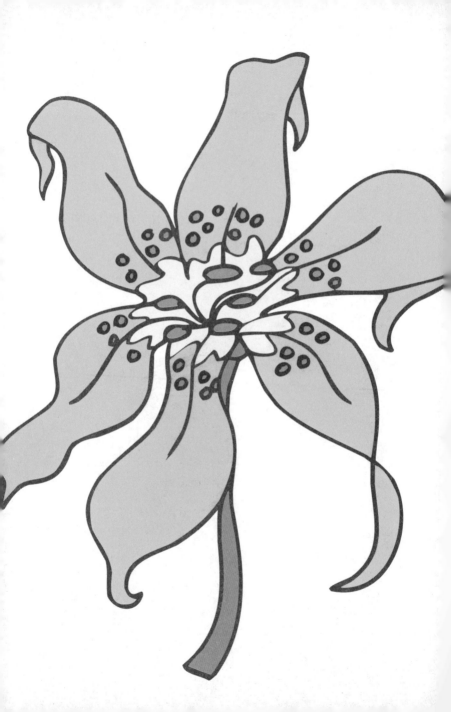

228
타인을 본보기로 삼지 마라

자신이 해야 할 것, 혹은 하지 말아야 할 것에 대하여 타인을 본보기로 삼아서는 안 된다. 경우와 사정이 같다고는 절대 할 수 없으며 각자의 성격 차이가 행동에 독자적인 특색을 갖게 하기 때문이다.

229
조심성을 사다

속아서 잃어버린 돈만큼 장점의 큰 사용처는 없다.
잃은 돈 덕분에 조심성을 살 수 있었으니까.

230
타인의 악을 간과하지 마라

타인의 나쁜 기질의 특성을 잊어버리는 것은 힘들게
손에 넣은 돈을 버리는 것과 같다.

231
감정은 행동으로 표시

분노와 증오는 행동거지 말고는 드러내서는 안 된다. 감정을 말과 표정으로 드러내지 않는다면 더욱 효과적으로 행동 속에서 발휘되기 마련이다.

232
우연에 의지하지 마라

우연은 의지의 나쁜 힘이라 할 수 있다. 이 힘에는 가능하면 의지하지 않는 것이 좋다.

233
감정에 맡긴 채 들뜨지 마라

어떤 운명이 닥치더라도 감정에 맡긴 채 기쁨에 들뜨거나 비탄에 젖어 포기해서는 안 된다. 어떤 일이든 변화할 가능성이 있고 운명이란 언제 어떻게 변할지 모르기 때문에, 인간은 자신에게 무엇이 좋은 일이고 무엇이 나쁜 것인지를 착각하기 쉬운 존재이다.

234

완성된 인간은 교활하다

마음에 공포심과 위험을 예감하게 하는 것은 흉포함이 아니라 교활함이다. 그 점에서 인간의 두뇌는 사자의 발톱보다 끔찍한 무기라 할 수 있다. 이 세상에서 가장 완성된 인간이란 방황하며 결단을 내리지 못하거나 초조해하며 당황하지 않는 사람이다.

235

인생은 전쟁이다

⋞◉◈◉⋟

사기꾼이 주사위를 던지는 게임처럼 이 세상에서는 단호한 냉정함과 운명의 일격을 견딜 수 있는 튼튼한 갑옷과 타인의 방해를 받지 않고 전진하기 위한 무기를 갖춰야 한다. 인생이란 하나의 긴 전쟁이다.

236
계속 달려라

인간의 존재는 산을 뛰어 내려가는 사람의 질주와 닮았다. 멈추려고 할 때마다 넘어질 것 같기 때문에 서 있을 때는 계속 달릴 수밖에 없다.

237

악전고투

역경이 닥치는 것, 더군다나 종종 비참한 상황에 부닥치는 것은 삶의 본질이다. 각자가 자신의 생존을 위해 악전고투하지 않으면 안 되기 때문에 항상 온화한 표정만 짓고 있을 수는 없다.

238

지휘자가 되라

최고의 정신을 가진 사람이라면 특정 분야의 학문에 몰두하는 일은 결코 없다. 전체를 통할(統轄)하는 것에 매우 강한 관심을 품고 있기 때문이다. 그런 인간은 부대장이 아니라 장군으로 각각의 악기 연주자가 아니라 오케스트라의 지휘자이다.

MEMO

옮긴이 **박별**

전문번역가, 아카시에이전트 대표.
역서로는 「아무도 가르쳐주지 않는 부의 비밀」, 「철강왕
카네기 자서전」, 「인간의 운명」, 「니체 인생론」, 「인간의
조건」, 「쇼펜하우어 잠언집」외 다수가 있다.

쇼펜하우어 잠언집

2019년 2월 10일 1판 01쇄 인쇄
2019년 2월 20일 1판 01쇄 펴냄

지은이 | A. 쇼펜하우어
옮긴이 | 박 별
기 획 | 김민호
사 진 | 김정재
발행인 | 김정재
펴낸곳 | 뜻이있는사람들
등록 | 제2016-000020호(2004년 3월 30일)
주소 | 경기도 고양시 덕양구 지도로 92번길 55 다동 201호
전화 | (031) 914-6147
팩스 | (031) 914-6148
이메일 | naraeyearim@naver.com

ISBN 978-89-90629-50- 03810